AF381332

Analyse de l'œuvre

Par Anne Crochet et Paola Livinal

La Belle Amour humaine

de Lyonel Trouillot

Rendez-vous sur lepetitlitteraire.fr et découvrez :

Plus de 1200 analyses
Claires et synthétiques
Téléchargeables en 30 secondes
À imprimer chez soi

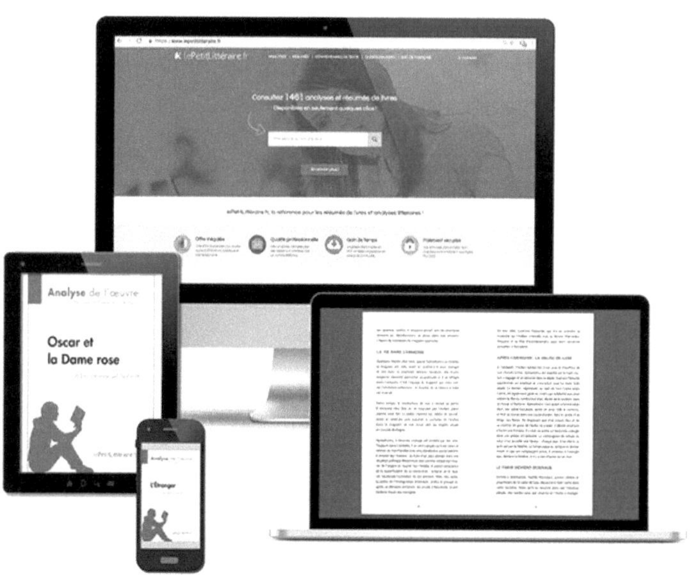

LYONEL TROUILLOT

ROMANCIER ET POÈTE HAÏTIEN

- **Né en 1956 à Port-au-Prince (Haïti)**
- **Quelques-unes de ses œuvres :**
  - *Bicentenaire* (2004), roman
  - *Éloge de la contemplation* (2009), poésie
  - *Parabole du failli* (2013), roman

Issu d'une famille d'avocats, Lyonel Trouillot fait des études de droit avant de se tourner vers sa véritable passion, l'écriture. À la fois poète, journaliste, romancier et essayiste, il entend défendre les intérêts démocratiques de son pays et promouvoir sa richesse culturelle grâce à sa plume. Son roman *Yanvalou pour Charlie* a reçu le prix Wepler en 2009. *La Belle Amour humaine*, paru en 2011 chez Actes Sud, a atteint le dernier carré de la sélection du prix Goncourt. Son dernier roman *Kannjawou* (2016) présente une jeunesse haïtienne qui s'interroge sur son avenir dans un pays qui ne s'appartient plus. Lyonel Trouillot écrit (en français et en créole) et vit à Haïti.

LA BELLE AMOUR HUMAINE

UNE PHILOSOPHIE DE VIE

- **Genre :** roman
- **Édition de référence :** *La Belle Amour humaine*, Arles, Actes Sud, coll. « Littérature », 2011, 176 p.
- **1re édition :** 2011
- **Thématiques :** quête identitaire, humanisme, art, philosophie, bonheur, pauvreté, meurtre

Le titre du roman fait référence à un texte éponyme publié en 1957 par Jacques Stephen Alexis (1922-1961), un poète haïtien qui a beaucoup inspiré Lyonel Trouillot. Dans ce texte, Alexis présente pour la nouvelle année ses vœux de bonheur et de joie à ses compagnons spirituels.

La Belle Amour humaine relate la rencontre entre Anaïse, une jeune occidentale en quête d'informations sur son père, et le peuple d'Anse-à-Fôleur (ville côtière au nord-ouest d'Haïti) par l'intermédiaire de Thomas, un taxiguide. À défaut de lever le voile sur le mystère qui entoure le décès de son grand-père paternel dans ce village, Anaïse va y puiser une nouvelle philosophie de vie centrée sur le bonheur et le respect d'autrui.

RÉSUMÉ

Bien que la narration soit majoritairement prise en charge par Thomas, la première partie du livre présente, de manière non ordonnée, trois épisodes importants pour la compréhension de l'histoire : l'amitié entre l'homme d'affaires Robert Montès et le colonel Pierre André Pierre ; la mort de ces derniers et la venue de l'enquêteur dans le village côtier ; ainsi que le trajet entre Port-au-Prince et Anse-à-Fôleur effectué par Thomas et Anaïse.

ÉCOUTER ET COMPRENDRE

Le narrateur, Thomas, évoque la nuit durant laquelle un incendie s'est produit dans un village d'Haïti, loin de la capitale.

Selon lui, Port-au-Prince n'est que bruit et pauvreté, contrairement à ce « là-bas » (p. 22) où l'on vit de mer et de silence. Il s'agit d'Anse-à-Fôleur, un paisible village de pêcheurs où vit son oncle, un peintre portraitiste à la retraite.

Celle à qui il s'adresse vient d'arriver à Haïti. Et si elle veut se rendre à Anse-à-Fôleur, c'est pour une raison précise : elle désire en savoir plus sur son père décédé lorsqu'elle avait 3 ans, et souhaite connaitre la vérité sur la mort de son grand-père, Robert Montès, victime, avec le colonel Pierre André Pierre, de l'incendie qui a détruit leurs maisons respectives. Elle est venue pour « écouter et comprendre » (p. 30), à la différence des touristes qui n'ont de cesse de parler et de juger. Le narrateur perçoit cette particularité et lui explique la philosophie de vie d'Anse-à-Fôleur.

GENÈSE D'UNE AMITIÉ

Entrant dans le vif du sujet, Thomas raconte que l'homme d'affaires Robert Montès et son ami, le colonel Pierre André Pierre, habitaient deux maisons jumelles au village.

Bien vite après l'incendie, le ministère a envoyé au village un enquêteur de la capitale pour investiguer sur ce drame. À peine arrivé sur place, l'enquêteur est conquis par la philosophie du village. Très vite, il s'interroge sur l'amitié existant entre le colonel et Robert Montès, deux hommes très unis que tout semblait pourtant séparer. Il cherche d'abord à en apprendre plus sur leur personnalité. Il parvient à la conclusion que « rien, mis à part la cruauté, ne pouvait justifier l'amitié qui lia jusque dans la mort le colonel Pierre André Pierre et l'homme d'affaires Robert Montès. » (p. 86)

Le colonel et Robert Montès se sont rencontrés un soir de pluie sous le porche d'une maison close de la rue Saint-Honoré, un endroit assez misérable de la capitale, porche sous lequel ils étaient coincés en raison de l'inondation de la rue. Tandis que le colonel aimait se rendre à cet endroit pour la docilité des filles, Montès s'y déplaçait pour les tarifs peu élevés. Pierre André Pierre et Montès sont retournés alors dans l'établissement et se sont liés d'amitié autour d'un verre. Ensuite, ils ont diné ensemble chaque semaine et ne se sont plus quittés.

L'amitié entre les deux hommes s'est renforcée, au point que Pierre André Pierre est devenu le parrain du fils de Montès, et que les deux hommes ont décidé de construire des maisons de vacances similaires. Après de longues recherches, ils ont opté pour Anse-à-Fôleur, où ils ont fait bâtir de manière illégale leurs maisons jumelles.

DÉROULEMENT ET FIN DE L'ENQUÊTE

Il s'avère que Robert Montès et le colonel se méfiaient de Justin, l'un des habitants du village qui rédigeait des lois de manière bénévole, l'accusant d'avoir une mauvaise influence sur le fils de Montès et de l'inciter à se rebeller. En guise de représailles, ils l'ont torturé, avec l'aide involontaire du chef de section, « l'unique représentant de la force publique dans le village » (p. 15).

Les deux étrangers ont avoué à demi-mot les raisons de leur installation : trouver le trésor caché par les flibustiers (pirates des mers d'Amérique aux XVIIe et XVIIIe siècles). Informé de ces éléments, l'enquêteur en vient à suspecter le chef de section ou Justin (qui gardait de la torture de graves séquelles) d'avoir provoqué l'incendie ayant tué Robert Montès et le colonel ; il finit cependant par disculper les deux hommes.

Sans établir clairement leur alibi, il met également hors de cause la femme et le fils de Montès.

N'ayant pas découvert d'explication à l'incendie, l'enquêteur clôt ses investigations, après quoi il démissionne de sa fonction et ouvre un bar à Port-au-Prince, l'« Anse-à-Fôleur ».

Thomas admet que tout le village avait des raisons de vouloir la mort de Robert Montès et de Pierre André Pierre, à commencer par lui-même, Solène – sa cousine –, et leur oncle. En effet, Montès et Pierre menaçaient de chantage Thomas et son oncle, car ils avaient découvert que c'était Thomas qui peignait les toiles vendues sous le nom de son oncle, Frantz Jacob. Selon Thomas, connaitre la vérité sur la mort de ces deux hommes importe peu : comment pourrait-on punir un crime qui mène au bonheur ?

PREMIÈRES RÉVÉLATIONS

Thomas s'interroge sur la démarche d'Anaïse, car, après la mort de Robert Montès, la femme de ce dernier est partie en ville ouvrir un commerce de romans sentimentaux, et son fils a quitté le village sans plus donner de nouvelles. Thomas explique ensuite le projet pictural de son oncle qu'il a intitulé *La Belle Amour humaine* (p. 42).

Le narrateur compare les touristes pour qui tout est positif, car ils ont payé (« Ils ont payé donc tout est bien », p. 118), aux touristes peureux, qu'il appelle les No-No : par peur de la population indigène, ils répondent « no » à toutes les questions.

Il mentionne le concept développé par son oncle, « l'aide-bonheur » (p. 95), selon lequel une personne en accompagne une autre dans l'accomplissement de ses rêves.

Il explique ensuite à Anaïse l'origine de son prénom. Anaïse était une habitante d'Anse-à-Fôleur et la mère de Solène. Femme indépendante, elle avait pour habitude de se promener seule dans les bois. Un jour, alors que le colonel et Montès « chassaient » (en vérité, ils exploraient l'ile à la recherche du trésor), ils ont initié le fils de Montès aux armes et celui-ci a tiré sur elle par accident tandis qu'elle passait à proximité.

Il évoque ensuite le culte voué à sainte Anne (sa statue borne l'entrée du village), en doutant de son efficacité, car les pauvres sont toujours aussi pauvres, et parle de la grand-mère de la jeune Anaïse, une femme trompée qui détestait Anse-à-Fôleur et refusait de vieillir et de voir la réalité en face. Elle préférait en effet se réfugier dans ses rêves et ses livres.

TROUVER SA PLACE DANS LE MONDE

Anaïse remercie Thomas pour son accueil et pour sa rencontre avec Frantz Jacob, et explique les raisons de sa venue. Elle livre ses premières impressions sur elle-même, sur Thomas et sur les habitants d'Anse-à-Fôleur ; elle ne sait pas encore ce qu'elle espère trouver dans ce village.

La jeune fille fait part des problèmes existentiels auxquels sa génération se heurte : pour les jeunes de son âge, le bonheur ne semble pas une priorité. Anaïse part ensuite à la rencontre des villageois.

Elle se pose également beaucoup de questions sur son père et sur la relation de celui-ci avec Solène. La jeune fille a alors une conversation importante avec cette femme, qui a eu jadis une nuit d'amour avec son père (la nuit de l'incendie des maisons jumelles).

Anaïse commence à comprendre pourquoi son grand-père et le colonel étaient tant détestés par les villageois.

L'oncle de Thomas meurt et Anaïse reste pour les funérailles ; contrairement aux touristes venus pour des missions humanitaires, elle tente de ne pas imposer sa présence. Elle assiste à la cérémonie et se rapproche de Thomas, qui lui avoue être l'auteur de l'incendie. Indifférente à cette révélation, la jeune femme se rend compte qu'elle a trouvé ce qu'elle cherchait au fond d'elle : sa place dans le monde, ce que le peintre Frantz Jacob appelait « la belle amour humaine ».

ÉTUDE DES PERSONNAGES

ANAÏSE

Anaïse est une jolie jeune fille de 20 ans aux cheveux roux qui vit en Europe avec sa mère, une femme très protectrice. Anaïse a perdu son père, le fils de Montès, à l'âge de 3 ans et ne le connait pas très bien.

En outre, l'origine de l'incendie de la maison de son grand-père reste un mystère. Elle part donc pour Anse-à-Fôleur afin de découvrir son histoire familiale.

Ce voyage géographique est également initiatique. En effet, le peintre Frantz Jacob pense qu'Anaïse est venue pour autre chose. Thomas lui explique : « Mais mon oncle pense que tu es spéciale, que ce que tu cherches au fond, plus qu'une origine, ce pourrait être un idéal [...] quel usage faut-il faire de sa présence au monde ? » (p. 39) La jeune fille avoue en effet ne pas trouver sa place au sein de sa génération, qu'elle considère comme artificielle et sans volonté de se battre pour une cause.

Elle trouvera les réponses à ses questions à la fin de l'histoire, grâce aux villageois et à Thomas. Elle donnera raison à ce dernier :

> « Peu importe l'origine de l'incendie. Pour une fois, la vie aura tué la mort [...] Non, je ne peux pas te dire que j'ai trouvé ce que j'étais venue chercher, mais dans la question relative à l'usage de sa présence au monde se pose aussi celle de la place de l'absent. [...] Ce sera ça, mon père [...] je ramène avec moi au pays d'où je viens des bouts d'enfance tristes et une belle nuit d'amour. » (p. 154)

Elle en aura aussi une vision concrète dans le tableau sur lequel travaillent Thomas et le peintre Frantz Jacob : « Elle regarde, plus fraîche que le reste de la peinture, une jeune femme qui se tient debout à l'entrée d'un village. Elle reconnaît cette jeune femme. Il y a vingt ans qu'elle la fréquente, la perd, la découvre. Elle connaît sa mère, et maintenant son père, un tout petit peu. » (p. 169)

THOMAS

Thomas est le neveu du peintre Frantz Jacob qu'il considère comme un père de substitution (son père étant un homme violent qui a quitté sa famille des années auparavant).

Il s'est installé à Anse-à-Fôleur avec son oncle lorsque celui-ci est devenu aveugle, mais retourne régulièrement à Port-au-Prince voir ses amis artistes et guider les nombreux touristes. Le jeune homme est en effet devenu guide pour financer ses études en ethnologie. Au fil du temps, il a arrêté son cursus pour être guide à plein temps, ce qui lui offre la possibilité d'étudier le comportement des nombreux vacanciers.

Thomas se considère comme un personnage intermédiaire, comme un pont entre la grande ville bruyante et le paisible village côtier. Il fait de fréquents allers-retours entre les deux tel un agent de liaison.

Depuis quelque temps, il peint des paysages sous la direction de son oncle. Ses toiles sont signées par Frantz Jacob et vendues à un prix d'or, ce qui assure un certain revenu au village. Il fait également partie du projet pictural de *La Belle Amour humaine* organisé par Solène et son oncle.

Le texte sous-entend que Solène et Thomas seraient peut-être les auteurs de l'incendie criminel, mais la phrase de Thomas est laissée en suspens : « Alors Solène et moi, on s'est dit... » (p. 169) Le jeune homme avouera finalement la vérité à Anaïse à la fin de l'histoire.

FRANTZ JACOB

Frantz Jacob est un peintre portraitiste relativement riche et célèbre qui a vécu dans un atelier à Port-au-Prince, entouré de sa clientèle. Quand il a commencé à devenir aveugle, il a ressenti la nécessité de voir la mer, d'être près d'elle, et s'est installé à Anse-à-Fôleur avec son neveu : « Étrangement, du temps où il voyait, la mer ne l'attirait pas. Mais depuis qu'il habite l'ombre, sa maison sur la côte, c'est un peu comme sa barque. » (p. 24)

Il est l'oncle maternel de Thomas, sur qui il a veillé durant sa jeunesse et à qui il a appris à peindre. Philosophe dans l'âme, Jacob partage avec les habitants d'Anse-à-Fôleur une certaine conception de la vie où les valeurs de respect et de partage tiennent une place importante. Avec Solène et Thomas, il a élaboré le projet artistique *La Belle Amour humaine*, qu'il décide de mettre sur toile ; comme il ne peut plus peindre, il donne ses instructions à Thomas. Il se désespère, car Robert Montès et Pierre André Pierre contre-carrent ce projet (ils ne sont pas à leur place dans ce tableau), ce qui conduit Solène et Thomas au meurtre.

ROBERT MONTÈS

Robert Montès est un homme d'affaires haïtien issu d'une bonne famille métisse. Né à la ca-pitale dans un quartier résidentiel, « il [a] une face d'ange et un physique plutôt quelconque qui n'inspir[e] pas la crainte » (p. 69). Attiré par l'argent et le pouvoir, Robert Montès est prêt à tout pour arriver à ses fins, excepté recourir à la violence : chantage, menaces voilées, promesses non tenues, etc.

Maitre du louvoiement et de la radinerie, usurier et courtier par vocation, il s'est fait une place dans la société haïtienne grâce à sa sournoiserie, à son excellente mémoire et à sa capacité à évaluer tous les tenants et aboutissants d'une situation. Il a épousé une jeune femme riche, un peu rêveuse (la grand-mère d'Anaïse), afin de financer son ascension sociale, qu'il trompe sans vergogne. Le couple, sur l'insistance de l'époux, n'a qu'un enfant, un fils : l'homme d'affaires souhaite en faire son successeur, non pas par amour, mais pour préserver son héritage et son œuvre.

PIERRE ANDRÉ PIERRE

Issu d'une modeste famille noire, Pierre André Pierre s'est servi de ses poings pour se faire une place dans la société et gagner son grade de colonel dans l'armée. Il a été mis à la retraite par le gouvernement haïtien qui, s'il lui était reconnaissant des campagnes menées, redoutait le caractère entier de cet homme d'action : « Costaud et habile au corps à corps, il avait consacré sa jeunesse à casser la gueule aux grimauds [afro-caribéen à la peau claire] et aux mulâtres. Par principe. » (p. 75)

Violent et très taciturne, il ne se plaint et ne se confie jamais, et ne tolère pas que d'autres le fassent. Célibataire endurci, il assouvit ses envies dans les maisons closes ou avec des filles d'un soir dans sa garçonnière, qu'il prête à son ami Robert Montès. Il devient le parrain du fils de Montès, qu'il couvre de cadeaux guerriers et qu'il initie aux armes (ce qui provoquera la mort d'Anaïse, la mère de Solène). À l'instar de Robert Montès, le colonel ne recule devant rien pour obtenir ce qu'il désire ; pour lui, la violence et l'abus de pouvoir sont les meilleures armes.

SOLÈNE

Solène, « la jeune fille à la beauté sauvage » (p. 14) est le personnage opposé du fils de Montès : « Elle parlait à tout le monde. [...] Elle riait tout le temps et ne baissait jamais les yeux [...] » (p. 123) Elle n'a jamais quitté le village d'Anse-à-Fôleur. Belle femme, résolument du côté de la vie, elle le manifeste en particulier lors des funérailles de Frantz Jacob, durant lesquelles la jeune Anaïse voit « dans ce corps qui danse et qui chante, toute l'énergie de la révolte, toute la rudesse et toute l'élégance d'un corps, d'une voix, d'une vie qui réclament leur droit au plain-chant » (p. 166).

La révolte de Solène contre le monde d'un Robert Montès ou d'un Pierre André Pierre est toujours vivace. L'une de ses victoires a été d'obliger le fils de Montès à se séparer de ce qui l'attache au monde des armes, contre un moment d'amour avec elle, la nuit même de l'incendie des maisons jumelles : « C'est ce premier amour même qui lui a donné la force d'en connaître un second » (p. 154) conclut Anaïse, sa fille.

Son autre victoire a été de pouvoir donner forme au tableau *La Belle Amour humaine*, comme l'explique Thomas : « Quand Solène est revenue de son moment d'amour avec ton père, elle a suggéré à mon oncle de commencer leur œuvre [...] [faite de] morceaux de vie simple et de travail humain. » (p. 131-132)

LE FILS MONTÈS

Lorsqu'il était enfant, le fils de Robert Montès était un jeune garçon taciturne qui pouvait facilement être pris pour un « No-No » (p. 121), comme si cet enfant était étranger à son propre pays. Thomas le décrit comme quelqu'un de triste, en porte-à-faux avec les valeurs transmises par son père et son parrain, le colonel.

Lorsqu'il tue accidentellement la mère de Solène, au cours d'une partie de chasse, il se débarrasse de tout ce qui peut lui rappeler la guerre. Grâce à sa nuit d'amour avec Solène, il comprend la philosophie de vie d'Anse-à-Fôleur : « Le lendemain, ton père avait appris à dire bonjour, à parler de la pêche avec les pêcheurs, à pratiquer l'art de la route et de la rencontre. » (p. 124)

Il quitte subitement et définitivement le village quelque temps après la mort de son père et de son parrain, sans se retourner, n'emportant qu'un sac à dos et le prénom de sa victime, Anaïse. Personne n'a plus eu de ses nouvelles jusqu'à la lettre de sa fille, Anaïse : « Peut-être ne souhaitait-il pas être connu [...] Peut-être était-il un animal né pour l'errance qui n'a jamais su se fixer » (p. 42), suggère Thomas. Il a rencontré la mère d'Anaïse et est mort peu après la naissance de sa fille.

CLÉS DE LECTURE

UN ROMAN INITIATIQUE

Le roman initiatique s'est développé en Allemagne au XVIIIe siècle, puis est apparu chez les romantiques, et s'est étendu jusqu'à l'époque contemporaine. Avec son œuvre *Wilhelm Meister* (1821-1829), Goethe (écrivain allemand, 1749-1832) est l'un des chefs de file de ce type de romans.

Le roman initiatique a pour particularité de retracer un itinéraire constant : celui-ci se caractérise d'abord par un détachement de la part du héros vis-à-vis de son quotidien habituel, puis par un voyage – à la fois géographique et intérieur – durant lequel les multiples expériences et rencontres l'affranchissent et l'enrichissent. À la fin de l'histoire, le protagoniste prend conscience des résultats de son développement personnel : il est parvenu à cerner ses valeurs et les différentes facettes qui le constituent. Cette connaissance l'aide alors à comprendre son rôle à jouer dans la société et la place qu'il veut occuper dans le monde. Le roman initiatique est ainsi le reflet des idéaux de son auteur.

Dans le texte *La Belle Amour humaine*, Anaïse incarne le personnage qui accomplit ce voyage initiatique. Elle se met en quête d'histoires sur sa famille – son père en particulier –, et entre dans des questionnements existentiels sur la vie et la mort afin de comprendre quelle est sa place dans le monde. Pour ce faire, elle a quitté la zone de confort de sa vie en Europe où tout traumatisme lui a toujours été épargné, pour un monde insulaire, inconnu, lointain, différent d'un point de vue culturel et économique.

Plongée au cœur des façons de vivre des habitants du village d'Anse-à-Fôleur, et instruite par le récit de Thomas sur la relation entre son père et Solène, Anaïse trouve des réponses aux questions qui l'ont poursuivie durant les 20 premières années de son existence :

- comment ses parents se sont-ils rencontrés, quelle a été leur vie ensemble ? (« Je sais aussi que c'est lui qui l'avait abordée. Je devrais remercier Solène. C'est ce premier amour même qui lui a donné la force d'en connaître un second. J'en déduis qu'on ne s'invente pas seul », p. 154) ;

- sur quoi se fonde l'amour ? en quoi consiste-t-il ? (« L'amour, ce pourrait être de pouvoir partager des histoires. Toutes les histoires de l'être aimé deviendraient celles de l'aimant. Ce serait un beau chassé-croisé », p. 146).

Réduite à son univers convenu de jeune fille sans histoire, Anaïse ressent le besoin d'emprunter la voie paternelle pour découvrir d'autres réponses aux questions qu'elle se pose sur la vie et sur son être au monde en particulier : « Je n'ai touché jusqu'ici que le ciel que je voyais de ma fenêtre. Les seuls humains que je connais sont ceux avec lesquels j'ai grandi. Je cherche d'autres ciels. » (p. 144)

Les expériences qu'elle vit au village, ainsi que les rencontres qu'elle y fait, l'aident peu à peu à s'émanciper : guidée par Solène, elle met ses pas dans ceux de son père ; choisie par un groupe d'enfants, elle arbitre un jeu de ballon ; et touchée par la mort annoncée du vieux peintre Frantz Jacob, elle décide de rester, plus tard, à sa veillée mortuaire.

Finalement, Anaïse se trouvera en accord avec la philosophie de vie des gens d'Anse-à-Fôleur. Devant la toile de *La Belle Amour humaine*, elle repère le dernier personnage qui a trouvé sa place : c'est elle, ajouté tout récemment par Thomas et Solène.

Vingt ans après, en quête d'informations sur son père, la voici enracinée dans le paysage paternel et intégrée à un projet de vie dont elle partage les valeurs.

Au terme de son voyage, Anaïse a fait le lien d'une part avec ce qui fait le sens de la vie, et d'autre part avec la mort de ce père qu'elle peut maintenant rappeler à elle grâce aux souvenirs rapportés de sa terre natale.

Plus forte de ce viatique, elle est prête sans doute à donner à son existence davantage de couleurs. Elle a vécu une belle leçon d'humanité à laquelle elle pourra se référer de retour chez elle, car « tous les lieux sont bons pour jouer sa partition dans la musique du monde » (p. 170).

LA QUÊTE DU BONHEUR

Une philosophie de la vie

Le roman de Lyonel Trouillot met en évidence la philosophie de vie qui existe à Anse-à-Fôleur, très différente de celle de la capitale, Port-au-Prince : les villageois se rassemblent autour de valeurs telles que le respect, l'amour de la vie et de la nature, ainsi que le don de soi. « Là-bas, à vivre de mer et d'arc-en-ciel, les couleurs souvent leur suffisent » (p. 16), dit-on à propos des habitants.

Ces villageois, ce « peu de monde, quelques copains, une poignée de vivants qui s'appellent par leurs prénoms et ne cultivent pas le vacarme » (p. 22) respectent le mystère de la vie, acceptent de ne pas connaitre tout sur tout et de se laisser porter par les évènements : « Laissez les choses à leur mystère. » (p. 23)

Une question existentielle, récurrente dans le récit, se profile comme pierre d'angle de cette pensée : « Quel usage faut-il faire de sa présence au monde ? » (p. 39) Chaque réponse est évidemment personnelle, mais tout le village adopte la même attitude : l'« aide-bonheur », qui consiste à aider chacun à trouver son bonheur; un concept énoncé par l'oncle de Thomas.

Au village, c'est Justin qui établit les « nouvelles lois usuelles au service du bonheur » (*ibid.*). Anaïse finit par adopter cette vision : « Le bonheur n'est-il pas le seul mérite naturel auquel tout humain a le droit d'aspirer ? » (p. 147)

Et pour cela, il faut se donner de la peine puisque le bonheur, qui n'est pas chose aisée à obtenir, n'est pas non plus facile à garder : « Malheur à l'homme qui, oubliant son devoir de merveilles, a, par vœu de puissance ou par avidité, trahi la main tendue et le rite de partage. Mais honneur à ceux qui vont et viennent et partagent avec l'autre la douceur de la halte » (p. 166), conclut Solène.

Une telle conception de la vie ne peut aller sans une certaine approche de la mort. Les habitants d'Anse-à-Fôleur, en particulier le peintre Frantz Jacob, ne craignent pas la mort : « La mort demeure pour le vivant la plus banale des occurrences, la seule qui soit inévitable. La mort ne nous appartient pas, puisqu'elle nous précède. » (p. 25) Dans cette optique, les rites funéraires sont presque joyeux : il est coutume « d'apporter le rire au mourant » (p. 145).

Le projet artistique
de *La Belle Amour humaine*

Le tableau *La Belle Amour humaine* a été élaboré par le peintre Frantz Jacob, Solène et Thomas. Dans ce projet guidé par un principe d'harmonie, « chacun […] tient sa place » (p. 42), une place qu'il choisit dans le respect de tous : « Il ne faut pas demander à quelqu'un d'occuper la place d'un autre. » (*ibid.*)

Par ailleurs, seules certaines personnes ont un droit d'entrée, dont le respect semble être le principal passeport, ce qui explique que le colonel et Robert Montès n'ont jamais pu en faire partie, trop occupés qu'ils étaient à leurs desseins égoïstes et cruels.

Cette œuvre est l'instauration d'un équilibre total dans le village, la participation collective à un même projet de bonheur : « Il faut mettre sa part de voix. » (p. 167) Le projet artistique de *La Belle Amour humaine* sera mis en images et en couleurs, couché sur la toile grâce aux talents conjugués de Frantz et de Thomas. Ainsi nait un tableau avec « beaucoup de monde dans la toile, beaucoup de vert aussi, et de l'eau [...], une multitude de couleurs et de personnages [...] un tas de mondes possibles » (p. 168).

Néanmoins, dans son projet utopique, Frantz rencontre toujours le même problème : « L'image du colonel et de l'homme d'affaires [...] venait flanquer du laid sur sa vision. Il disait vouloir peindre la belle amour humaine et que la toile serait une œuvre réaliste. Seulement, la réalité refusait de se conformer. » (p. 168-169) Pour le peintre, ces indésirables doivent disparaitre afin que son projet puisse se concrétiser pleinement.

Touchés par la peine du peintre, Solène et Thomas remédient au problème en incendiant les maisons jumelles. Cette « superbe, criminelle, naïve, contagieuse et si simple obsession d'un devoir de merveille » (p. 169) a conduit deux êtres innocents au meurtre, les amenant peut-être à trouver une réponse à cette question existentielle latente dans le roman : « Quel usage faut-il faire de sa présence au monde ? » (p. 39)

UNE DICHOTOMIE RÉCURRENTE

Dès le début du roman, le narrateur oppose « ici », la ville et « là-bas », le village d'Anse-à-Fôleur, petite enclave paradisiaque. Si le bruit et la misère investissent la capitale, le silence et le sourire sont les attributs du paisible village côtier.

Cette opposition se retrouve d'ailleurs à l'échelle humaine :

- les gens de l'ailleurs (Robert Montès, le colonel, certains touristes) sont tous dans l'indifférence et le non-respect. Robert Montès et Pierre André Pierre se sont installés dans le village par la contrainte et l'illégalité avec des desseins peu avouables (ils recherchent le trésor des flibustiers), et n'ont jamais fait l'effort de s'y intégrer, voulant au contraire le soumettre par la violence (ils ont notamment torturé Justin). Personnages néfastes, ces deux hommes doivent être supprimés pour préserver l'équilibre du village – ce qui sera fait ;
- les villageois, de l'autre côté, sont tous emplis de gentillesse, de douceur et de respect mutuel ; ils vivent en totale harmonie (« Les

adultes n'élèvent pas la voix pour un oui, pour un non », p. 23 ; « Quand il y [a] un malade dans une maison, sa maladie [est] l'affaire de tous. [...] De même, quand [vient] un anniversaire, on le [fête] comme ailleurs on célèbre une fête patronale », p. 40).

Le contraste entre ces deux cultures transparait également dans la vision faussée que se font les touristes des autochtones.

Le tableau que dresse Thomas de la ville est celui de la pauvreté sur un fond sonore où « les bruits sont la seule preuve de ce dur devoir d'exister » (p. 18). Certains touristes n'y voient qu'un spectacle exotique ou un sujet d'étude qui présente une image altérée du pays :

- privilégié, le touriste après avoir baigné dans « la pauvreté comme source d'émerveillement » (p. 32) profite des services hôteliers, des offres gastronomiques et des propositions sexuelles qui lui sont réservées ;
- superficiel, le touriste de retour chez lui se vante d'avoir touché du doigt la pauvreté sur le terrain (« Un imprudent introduit dans une conversation le thème de la vie à l'autre bout

du monde, du génie de la pauvreté et des tares des insulaires. [Il parle] alors d'autorité, [fait] son intéressant », p. 36) ;

- blessant, le touriste peut se laisser aller à des comparaisons qui n'ont pas lieu d'être, et exprimer des jugements arrogants (« C'est le pays des hyperboles. Vous utilisez ici de bien grands mots pour de toutes petites choses [...] basilique, avenue, palace... », p. 20) ;
- supérieur, le touriste « est très souvent un portefeuille qui commente le peu qu'il voit sur un ton sans appel » (p. 29) dit Thomas, qui ajoute qu'il « [a] l'habitude [...] des clients qui [...] s'installent dans [son] véhicule, évitent les verbes et la grammaire, préfèrent les gestes et les phrases courtes, [lui] indiquent ce qu'ils souhaitent comme s'ils passaient des ordres à un enfant débile, se font vite une idée de tout. » (*ibid.*)

Ces deux mondes, que tout oppose, se rencontrent néanmoins à travers les figures romanesques plus nuancées de Thomas et l'inspecteur :

- Thomas se présente lui-même comme un pont entre les deux univers, analysant en ethnologue les valeurs de chacun. Bien que fortement attaché au village (son oncle y vit), il est davantage considéré comme un invité permanent que comme un villageois à part entière ;

- l'inspecteur, surnommé le « petit monsieur de la capitale » (p. 49), découvre le village à l'occasion de son enquête sur les meurtres de Robert Montès et de Pierre André Pierre. Enquêteur chevronné, il adopte une attitude d'écoute et de compréhension envers les villageois. Il se laisse peu à peu séduire par leur mode de vie et quitte le village à regret. À son retour en ville, il démissionne de sa fonction et ouvre un bar, « L'Anse-à-Fôleur », un petit lopin de liberté dans la jungle urbaine, où les gens, venus de tout horizon, oublient leurs différences.

L'auteur met donc en scène deux mondes aux valeurs antagonistes, cristallisés par des personnages divers. Une rencontre entre ces deux pôles (l'indifférence et l'intolérance d'un côté, l'ouverture d'esprit de l'autre) n'est possible que si les intéressés sont prêts à écouter et comprendre.

Les deux groupes d'habitants de l'ile que sont les Noirs et les mulâtres présentent également une dichotomie. Les personnalités de Pierre André Pierre et de Robert Montès illustrent cette opposition : « Tout les éloignait l'un de l'autre et les prédisposait à devoir s'affronter sans réserve ni pitié dans l'exercice de vieilles querelles de couleur, d'origine et de stratégies de domination. » (p. 63) Néanmoins, si leurs origines devaient les séparer, ils deviennent pourtant de très bons amis.

HAÏTI : HISTOIRE ET LITTÉRATURE

La République d'Haïti est une nation des Grandes Antilles, dans les Caraïbes, qui se situe à l'ouest de l'ile anciennement nommée Hispaniola, la République Dominicaine s'étendant du côté est.

Sous domination française depuis le XVIIe siècle, la colonie, appelée alors Saint-Domingue, acquiert son indépendance le 1er janvier 1804 à la suite d'une révolte des esclaves noirs : à cette occasion, le pays prend le nom d'Haïti. Des dissensions internes provoquent en 1844 la scission de l'ile en deux États distincts : les républiques actuelles.

La société haïtienne est aux couleurs de ceux qui ont participé au trafic des esclaves (le commerce triangulaire du XVIIe siècle) et de ceux qui en ont été les victimes ; Blancs d'Europe, Noirs d'Afrique, mulâtres. Depuis le XIXe siècle, le régime foncier (loi ou coutume qui définit le rapport entre les individus et les terres de leur pays) a déterminé un rigide cloisonnement entre les villes et les campagnes. La société hiérarchisée et inégalitaire a bloqué l'émancipation du monde rural et le progrès général du pays.

À l'ère moderne, le régime de la famille Duvalier (1957-1986) a contribué au maintien d'un sous-développement qui a affecté l'avenir d'Haïti, victime des troubles politiques et des catastrophes naturelles (tremblement de terre de 2010, épidémies, etc.).

Cependant, sur le plan culturel, des écrivains comme Jacques Roumain (1907-1944, auteur de « Gouverneurs de la rosée » [1944]) et Jacques Stephen Alexis (figure fondatrice des lettres haïtiennes, opposant et victime de la dictature duvaliériste) ont donné l'élan à plusieurs générations d'auteurs qui, vivant en Haïti ou composant la diaspora (dispersion d'un peuple à travers le monde), ont œuvré, et travaillent encore aujourd'hui, à témoigner de l'identité haïtienne : Marie Vieux-Chauvet (1916-1973), René Depestre (né en 1926), Dany Laferrière (né en 1953), Edwige Danticat (né en 1969), etc.

À travers son roman *La Belle Amour humaine*, Lyonel Trouillot invite son lecteur à réfléchir à la place qu'il souhaite occuper dans le monde, et au sens qu'il veut lui donner. S'il désire construire des relations de fraternité et de partage, il lui faut alors agir, ne pas craindre de découvrir l'autre, y compris le plus différent, et le considérer comme son semblable. Le bonheur est à portée de main, pour peu qu'il lui laisse une chance d'apparaitre au quotidien, même là où on ne l'attend pas. Chacun peut apporter sa touche personnelle à la peinture du monde.

PISTES DE RÉFLEXION

QUELQUES QUESTIONS POUR APPROFONDIR SA RÉFLEXION...

- Expliquez brièvement la philosophie de vie qui règne à Anse-à-Fôleur.
- Quel est le projet élaboré par Frantz Jacob, Thomas et Solène ?
- Décrivez les étapes du cheminement intérieur d'Anaïse.
- Commentez cette question : « Quel usage faut-il faire de sa présence au monde ? » (p. 39)
- Expliquez en quoi le projet artistique de *La Belle Amour humaine* relève de l'utopie.
- Comment l'auteur construit-il la dichotomie entre l'« ici » et le « là-bas » ?
- En quoi le comportement de certains touristes, dont parle Thomas, présente-t-il des points communs avec ceux de Pierre André Pierre et de Robert Montès ?
- L'enquêteur des services de police, le « petit monsieur de la capitale » (p. 49), ne réussit pas à résoudre le mystère de l'incendie des

maisons de Robert Montès et du colonel. La vérité est néanmoins révélée grâce à l'arrivée d'Anaïse. Pourquoi ? Expliquez.

- À l'occasion de ses vœux pour 1957, Jacques Stephen Alexis écrit : « Je ne crois pas que le triomphe de la morale puisse se produire tout seul, sans l'action des hommes. » (ALEXIS, J. S., « *La Belle Amour humaine* », in *Les Lettres françaises*, 1957) Développez cette pensée du point de vue du roman *La Belle Amour humaine*.

- En quoi la présence des « belles jumelles » (p. 42), représentation des deux hommes étrangers au village, gêne-t-elle la réalisation du tableau *La Belle Amour humaine* ? Le roman de Lyonel Trouillot ne contredit-il pas cette entrave à la création qu'est le poids du mal dans la société ?

Votre avis nous intéresse !
Laissez un commentaire sur le site de votre
librairie en ligne
et partagez vos coups de cœur sur les réseaux
sociaux !

POUR ALLER PLUS LOIN

ÉDITION DE RÉFÉRENCE

- TROUILLOT L., *La Belle Amour humaine*, Arles, Actes Sud, coll. « Littérature », 2011, 176 p.

ÉTUDES DE RÉFÉRENCE

- ALEXIS, J. S., « *La Belle Amour humaine* », in *Les Lettres françaises*, 1957.

- BOUCHERON P. (dir.), « 1664 Colbert et compagnies » et « 1791 Plantations en révolution », in *Histoire mondiale de la France*, Manuel Covo, Paris, Seuil, 2017.

- Site internet d'*ile-en-ile.org*, consulté le 05 décembre 2017. http://ile-en-ile.org/

- ROUPERT C. E., *Histoire d'Haïti*, Paris, Perrin, 2011.

Retrouvez notre offre complète sur lePetitLittéraire.fr

- des fiches de lectures
- des commentaires littéraires
- des questionnaires de lecture
- des résumés

ANOUILH
- Antigone

AUSTEN
- Orgueil et Préjugés

BALZAC
- Eugénie Grandet
- Le Père Goriot
- Illusions perdues

BARJAVEL
- La Nuit des temps

BEAUMARCHAIS
- Le Mariage de Figaro

BECKETT
- En attendant Godot

BRETON
- Nadja

CAMUS
- La Peste
- Les Justes
- L'Étranger

CARRÈRE
- Limonov

CÉLINE
- Voyage au bout de la nuit

CERVANTÈS
- Don Quichotte de la Manche

CHATEAUBRIAND
- Mémoires d'outre-tombe

CHODERLOS DE LACLOS
- Les Liaisons dangereuses

CHRÉTIEN DE TROYES
- Yvain ou le Chevalier au lion

CHRISTIE
- Dix Petits Nègres

CLAUDEL
- La Petite Fille de Monsieur Linh
- Le Rapport de Brodeck

COELHO
- L'Alchimiste

CONAN DOYLE
- Le Chien des Baskerville

DAI SIJIE
- Balzac et la Petite Tailleuse chinoise

DE GAULLE
- Mémoires de guerre III. Le Salut. 1944-1946

DE VIGAN
- No et moi

DICKER
- La Vérité sur l'affaire Harry Quebert

DIDEROT
- Supplément au Voyage de Bougainville

DUMAS
• Les Trois
  Mousquetaires

ÉNARD
• Parlez-leur
  de batailles,
  de rois et
  d'éléphants

FERRARI
• Le Sermon sur la
  chute de Rome

FLAUBERT
• Madame Bovary

FRANK
• Journal
  d'Anne Frank

FRED VARGAS
• Pars vite et
  reviens tard

GARY
• La Vie devant soi

GAUDÉ
• La Mort du
  roi Tsongor
• Le Soleil des
  Scorta

GAUTIER
• La Morte
  amoureuse
• Le Capitaine
  Fracasse

GAVALDA
• 35 kilos d'espoir

GIDE
• Les
  Faux-Monnayeurs

GIONO
• Le Grand
  Troupeau
• Le Hussard
  sur le toit

GIRAUDOUX
• La guerre de
  Troie
  n'aura pas lieu

GOLDING
• Sa Majesté des
  Mouches

GRIMBERT
• Un secret

HEMINGWAY
• Le Vieil Homme
  et la Mer

HESSEL
• Indignez-vous !

HOMÈRE
• L'Odyssée

HUGO
• Le Dernier Jour
  d'un condamné
• Les Misérables
• Notre-Dame
  de Paris

HUXLEY
• Le Meilleur
  des mondes

IONESCO
• Rhinocéros
• La Cantatrice
  chauve

JARY
• Ubu roi

JENNI
• L'Art français
  de la guerre

JOFFO
• Un sac de billes

KAFKA
• La Métamorphose

KEROUAC
• Sur la route

KESSEL
• Le Lion

LARSSON
• Millenium I. Les
  hommes qui
  n'aimaient pas
  les femmes

LE CLÉZIO
• Mondo

LEVI
• Si c'est un
  homme

LEVY
• Et si c'était vrai…

MAALOUF
• Léon l'Africain

MALRAUX
- La Condition humaine

MARIVAUX
- La Double Inconstance
- Le Jeu de l'amour et du hasard

MARTINEZ
- Du domaine des murmures

MAUPASSANT
- Boule de suif
- Le Horla
- Une vie

MAURIAC
- Le Nœud de vipères

MAURIAC
- Le Sagouin

MÉRIMÉE
- Tamango
- Colomba

MERLE
- La mort est mon métier

MOLIÈRE
- Le Misanthrope
- L'Avare
- Le Bourgeois gentilhomme

MONTAIGNE
- Essais

MORPURGO
- Le Roi Arthur

MUSSET
- Lorenzaccio

MUSSO
- Que serais-je sans toi ?

NOTHOMB
- Stupeur et Tremblements

ORWELL
- La Ferme des animaux
- 1984

PAGNOL
- La Gloire de mon père

PANCOL
- Les Yeux jaunes des crocodiles

PASCAL
- Pensées

PENNAC
- Au bonheur des ogres

POE
- La Chute de la maison Usher

PROUST
- Du côté de chez Swann

QUENEAU
- Zazie dans le métro

QUIGNARD
- Tous les matins du monde

RABELAIS
- Gargantua

RACINE
- Andromaque
- Britannicus
- Phèdre

ROUSSEAU
- Confessions

ROSTAND
- Cyrano de Bergerac

ROWLING
- Harry Potter à l'école des sorciers

SAINT-EXUPÉRY
- Le Petit Prince
- Vol de nuit

SARTRE
- Huis clos
- La Nausée
- Les Mouches

SCHLINK
- Le Liseur

SCHMITT
- La Part de l'autre
- Oscar et la Dame rose

SEPULVEDA
- Le Vieux qui lisait des romans d'amour

SHAKESPEARE
- Roméo et Juliette

SIMENON
- Le Chien jaune

STEEMAN
- L'Assassin habite au 21

STEINBECK
- Des souris et des hommes

STENDHAL
- Le Rouge et le Noir

STEVENSON
- L'Île au trésor

SÜSKIND
- Le Parfum

TOLSTOÏ
- Anna Karénine

TOURNIER
- Vendredi ou la Vie sauvage

TOUSSAINT
- Fuir

UHLMAN
- L'Ami retrouvé

VERNE
- Le Tour du monde en 80 jours
- Vingt mille lieues sous les mers
- Voyage au centre de la terre

VIAN
- L'Écume des jours

VOLTAIRE
- Candide

WELLS
- La Guerre des mondes

YOURCENAR
- Mémoires d'Hadrien

ZOLA
- Au bonheur des dames
- L'Assommoir
- Germinal

ZWEIG
- Le Joueur d'échecs

ISBN version numérique : 978-2-8080-0770-2
ISBN version papier : 978-2-8080-0771-9
Dépôt légal : D/2017/12603/963

Avec la collaboration de Paola Livinal pour le personnage de Solène, ainsi que pour l'encadré « Haïti : histoire et littérature » et le chapitre « Un roman initiatique ».

Conception numérique : Primento, le partenaire numérique des éditeurs.

Ce titre a été réalisé avec le soutien de la Fédération Wallonie-Bruxelles, Service général des Lettres et du Livre.